Capital of Literature, Heaven of Poetry

文学之都
未来诗空

起风了

陆大雁 著

江苏凤凰文艺出版社
JIANGSU PHOENIX LITERATURE AND ART PUBLISHING

图书在版编目(CIP)数据

起风了 / 陆大雁著 . -- 南京 : 江苏凤凰文艺出版社, 2023.1
(文学之都·未来诗空)
ISBN 978-7-5594-7209-0

Ⅰ . ①起… Ⅱ . ①陆… Ⅲ . ①诗集—中国—当代
Ⅳ . ① I313.45

中国版本图书馆 CIP 数据核字 (2022) 第 183886 号

起风了

陆大雁 著

出 版 人 张在健
选题策划 于奎潮 陈 武
责任编辑 王娱瑶
特约编辑 秦国娟
责任印制 刘 巍
出版发行 江苏凤凰文艺出版社
南京市中央路 165 号, 邮编 : 210009
出版社网址 http://www. jswenyi. com
印 刷 三河市华东印刷有限公司
开 本 880 毫米 × 1230 毫米 1/32
印 张 6.75
字 数 128 千字
版 次 2023 年 1 月第 1 版
印 次 2023 年 1 月第 1 次印刷
标准书号 ISBN 978-7-5594-7209-0
定 价 52.00 元

代 序

陈 武

我和大雁的认识是在常熟的一次文友小聚上。

常熟我经常去，那里有许多我心仪和仰慕的朋友。但和大雁认识较晚，也就是在三四年前吧。那次聚会的召集者、诗人浦君芝对大雁作了简要的介绍，于是我便知道了她是诗人。无论是衣着装扮，还是行为言谈，她确实有着诗人的气质——沉静，不多话，书卷气，善于思考。后来因为一套诗集的编辑，我到常熟去组稿，常熟市作协主席、诗人、收藏家王晓明拟定了四个诗人，其中就有大雁。但是到了交稿时，又没有大雁了。问其原因，也是语焉不详。我当时还想，现在的诗集出版是较难的，制作成本也非常高，销售周期又长，很多出版单位都不愿接手，能有这个机会实属不易，能轻易放弃，更要有勇气和胆识的。何况，我十余年来在做出版方面也是小有成绩的，仅大部头的作品集就有几十种，比如二十多卷的《范小青文集》、十九卷的《黄蓓佳少儿文集》、十五卷的《金曾豪少儿文集》、十卷的《王干文集》、十卷的《白化文文集》、十六卷的《回望周瘦鹃》、十卷的《回望萧红》、十卷的《回望郁达夫》、十二卷的《回望巴金》、十四卷的《朱自清自编文集》，还有五十卷的大型丛书“紫金文库”等，在业界小有影响了，许多朋友还是愿意和我合作的。大雁能够干脆地放弃，可见她对于出版诗集、或者说对于个人的诗名是毫不在乎的，这让我又对她平添了许多敬意。之后，我们在一些聚会上又见过了一两次，照例也是没有多少交谈。直到“紫金文库”诗歌卷启动后，旧话重提。这一回她欣然答应了，并很快发来了诗集《起风了》的文稿。

我平时读诗，只读朋友的诗，只读其中我喜欢的诗。我的诗人朋友有很多，因为诗歌的“三观”不合，有的我不会读，或读了也没什么印象，或有印象了，也不愿说什么。又是朋友又是我喜欢的诗，这个选择有点苛刻，也有点不“职业”。但也没有办法，在这个碎片化阅读的时代，我们实在没有时间和精力披沙拣金地从诗海里淘诗来读。又是朋友又写好诗的诗人不多，大雁算一个。在没读她的《起风了》之前，我在朋友的微信公众号里读过她的一组诗，是我喜欢的那种调调。本来，老实说，虽然知道她是诗人，但由于没有认真读过她的诗，私底里以为，可能和那些虚有名头的诗人差不多，不过是一些文字的分行而已，粗浅而简陋，缺少灵魂；至多是说不上好，也说不上不好；或读了还好，读后又毫无感觉。没想到大雁的诗，一下就抓住了我，文字简约，情绪平稳，却像平静大海下的暗涌，有一股骇人的能量，或者有着逼人的锋芒，极具穿透力。比如公号中的第一首诗《书台怀古》，就有着一股内在的韧劲。诗云：

在林间翻书，静坐
迷恋一些闪亮的事物
我偏爱使用这样的诡计
将悲欢取出

孤独只是一种颜色
白茫茫伏在四周
有时，我怀疑它是一场雪
覆盖过古人
又堆砌了我

把“孤独”当成“一种颜色”，这是需要独到思维的。又“怀疑它是一场雪”，这样的递进，就是惊艳了。你以为完了吗？紧跟而来的，才是真正的升华，“覆盖过古人，又堆砌了我”。我们都知道《书台怀古》中的书台，是指昭明太子读书台，位于常熟城区虞山东南麓的石梅，今书台公园内。相传为梁昭明太子萧统读书处。有旧联一楹，道出了昭明太子读书台千年不泯的人文魅力：“千古名山，想见文人多辈出。斜阳林薄，恍闻帝子读书声”。江南文化在常熟虞山这里得到了淋漓尽致的体现，不仅有言子这样的孔子学生，更是涌现出如黄公望、钱谦益、柳如是、翁同龢、曾朴等一代代风流巨匠和文坛领袖，常熟这座城市才显得既古老又年轻，才充满了鲜活的朝气和昂扬的活力，也更有了文化的气息。作为一个晚来者，大雁开放的思维如浩海一样开阔，也连接了言子流淌不息的文化血脉，所以既“覆盖”了古人，又只能或必须被“堆砌”。这首诗对我的触动很大，让我想到了诗人单薄、清明、柔弱的外表下，拥有着一颗怎样锋利、强健的心。而该诗第一节中，对于语言和语感节奏的把控，还有“将悲欢取出”的那点狡黠和“诡计”，又能体察出她那让人会心的技巧和机智。在把一组诗读完以后，我渐渐明白了，大雁的诗，看似清澄透彻、明净空灵的表象中，一直潜藏着只可意会、直抵心灵的锐利。这样的诗，才是集诗意、诗情、诗境于一体的诗。这样的体会贯穿在我整个阅读中，比如写到松果，她说“松果落下之时，日光也跟随下沉”；比如说时间之快，她说“爬山的少年，行着行着就到了中年”，等等。在《兴福禅音》里，这样的妙句也比比皆是。

这期微信公众号的总题为“陆雁的诗与访谈”。访谈篇里，诗人和访问者的对话，让我对诗人也有了大致的了解。我很欣赏并认同她的创作观：“有感而发，无感则止，决不无病呻吟，随波逐流。”她还写小说，也是我从这期公号里知道的。从她新浪博客的目录上看，她的小说写作成果居然有六十八篇之多。待有时间，要找几篇来读读。

《陆雁的诗与访谈》里，附录一首《微醺》。据说这是她个人喜欢的诗之一。关于这首《微醺》的创作，她说：“酒的地位？朋友吧。”又说，“喝酒这件事，就像和朋友聊天一样，兴致好时就多聊一些。”应该说，我和大雁几次见面，都是喝酒。可能是兴致不够好，没见她多喝。但即使这样，我觉得我也喝不过她。

说说《起风了》的读后体会吧。我是在某日夜深人静时开始阅读的。阅读过程中，有好几次让我不得不停下来认真想一想，消化消化——实在有许多让我不得不停下来思考的诗和诗句。其实，我是个粗心的人，在最初看到《起风了》这个书名时，我想当然地把它当成《风来了》，为什么有这个错觉，直到大雁纠正之后，我还糊里糊涂，甚至还认真想过，觉得《风来了》这个书名妙啊。妙在有着多重的意味，有着无限的想象空间，既写实，又虚拟；既形而上，又形而下。你觉得是形而上的，就是形而上；你觉得是形而下的，就是形而下。就像汪曾祺准备编而未编的小说集《风色》。我觉得《风来了》这个书名，可以与《风色》的书名相媲美，甚至比《风色》更进一步，更能激发出人们多维的思考。没想到竟是《起风了》——更好，比《风来了》更有意味，一个“起”字，更能激起波澜。

如前所述，在阅读这部诗集时，会情不自禁地停下来思索一会儿。第一次较长时间的停顿，是在读了该书的目录和第一辑之后。诗集分为六辑，依次是“旧故里”“在他乡”“四时令”“蛛丝网”“乌目山”“与友书”。仅从辑名看，是互相连贯并有递进的。“旧故里”和“在他乡”，一个内一个外；“四时令”和“蛛丝网”，一个呈现自然，一个透出内心的情态；“乌目山”和“与友书”，更是虞山和朋友的交替。“旧故里”里的十几首诗，自然地勾起了我的乡愁。每一首，不仅是诗人的童年、少年、青春的记忆，也是我的童年、少年和青春的记忆，感同身受的阅读经历让我时时有着流泪的冲动，只有停下来才能缓和被触动的情感，母亲、堂屋、红漆剥落的门窗；江畔、芦花、翻飞的水鸟；梨花、梅花、露珠、故人摇晃的影子；炊烟、夜晚、长笛、山岗静默、大地温凉；小麦、玉米、棉花，把我们苍老的一生种下；葡萄、油菜、狗、鸡、姆妈的歌谣……我觉得，大雁的故乡，不仅是她曾经的居住地，也是心灵永远的故园。不知为什么，在读到她的《吴市老街》《走过小市老街》和《西北街》等诗篇时，我总有一种久违的亲近感，仿佛我曾经来过这儿，也是我熟悉的一条街，拐角处有白铁匠铺，街对面有木业社，老式的粮食加工间，废弃的酱园，供销社的轧花厂、畜产部，还有临河的旧平房。这些旧日的意象，在大雁的文字中多次出现，也是我遥远记忆里的日常（当年我父亲供职的乡供销社边上，也有这样的一条老街），有时大雁发在朋友圈的照片，也多有关于吴市或关于老街的。我点赞后，还发表一两句简短的评论。我曾读过大雁的《我和我的吴家市》，吴家市，就是吴市的别称。我知道大雁曾在老街一间供销社的宿舍里了住了五年，度过了她整个中学时代，她的青春，还有初始而无果的短暂恋情，都和老街有着无法解脱的关联。

大雁的老街，并不是通常见到的仿古的建筑，而是一条旧时的原生态街道，柏油路面上有修补的斑驳痕迹，两三层小楼破败，白墙剥落灰瓦陈旧，门窗支离，街角杂乱，青石小巷潮湿。当下的许多“老街”，经过人为的改造，已经不是真正意义上的老街了，不过是仿老街的新街。而在经济发达的江南小城沿江新区里，还保留这样一个古镇，决策者、规划者还真有远见。读了大雁的老街，读了这些诗，会让我想起一首歌，《我家住在新浦街》（这是由我作词、大弓一郎作曲并演唱的一首歌），它追述的，也是往日的旧事。

青石板的小巷
已没了人烟
废旧的铁门锁住了清晨的光线
穿青衫的故人
在雾霭里渐行渐远
巷口游离的车铃声
一阵比一阵缓慢
药铺子旁的小屋
在这个夏天矮了一大截
编藤条的匠人呢
竹篮子里是否还藏着

我最爱的五香豆腐干
在西北街
只有丁字形路口
还站着一个拄拐杖的老人
仿佛竹竿上挂着的最后一件旧衣衫

这首《西北街》所展现的意象，让我的脑海里渐渐升起了一首歌的旋律，仿佛从遥远的地方悠悠地飘来，又仿佛恋恋地离去，遥远往事便在心底渐渐复活。

第二辑“在他乡”里的作品，是作者远行、游历的产物。其中一首《山中》，深深地打动了我：

微雨过后
漫山的草木和泉水
都成为指引
心中秋风
比山水更长十里
在庙山坞底
白鹤啾啾早于我们
叩开小洞天的木窗棂
南楼外
半幅画卷虚掩

想必是“大痴山人”焚香时

遗漏的一行墨迹

大痴山人就是黄公望，所以大雁逗留、玩乐的地方我们也便知道是在哪里。这首诗的微妙之处在于，她没有铺张地去写富春江山水的美丽，而情绪，也掩藏在简短的白描中。我们只能感同身受地去领略这首诗，领略它的好和微妙；它营造的氛围和情韵，是和我们的内心相切合的。我不想去生硬地解读这首诗，那实在是太无趣了。我只想说，我喜欢这首诗，我被它感染了，我想做那丝丝的微雨，我想做那缕缕的秋风，我想做白鹤啾啾，我想叩开小洞天的木窗棂，做那遗漏的一行墨迹。同样深深打动我的，还有《李市村幻觉》《在凤凰与一朵花相遇》《西去》《无诗的夜晚》《镜像》等。

在读“四时令”时，在读“蛛丝网”“乌目山”“与友书”时，我一次次收获感动，一次次陷入沉思，也一次次涌起了写诗的冲动。在这些作品中，自然、爱、恋情无所不包，比如“四时令”中关于花草、花事和季节的诗，比如《廿四夜》《夜色》《每一块玻璃都是夜的心脏》等表达爱恋的诗，其中时常跳出值得反复玩味的经典诗句，让人过目不忘；而“珠丝网”一辑里所收的作品，是关于酒事的。我喜欢与酒有关的文章和诗篇，曾因为工作需要，选编过一本关于名人与酒的书，题为《壶中日月长——文化名家谈饮酒》，收入鲁迅、丰子恺、郁达夫、王蒙、王干等现当代名家的文章三十余篇。大雁的这辑中和酒有关的诗，不仅有我前面提到的《微醺》，还有《杯中》《酒后》《我醒来时他们还在》《夜的彼岸》《和你一起走过》等，和那些名家、大师一样，大雁关于酒的诗，并没有停留在酒上，照例是写情——亲情、友情、爱情，还有世情，无不都是在借酒抒情。

哦，酒，写到这里，我的心里开始“起风了”，就此打住吧。

2021 年 6 月 10 日

起风了

目录

contents

第一辑　旧故里

002 | 起风了
003 | 江畔独坐
004 | 沿江怀想
006 | 残　句
008 | 这么些年
010 | 遥　望
011 | 梦　境
013 | 写给月亮的话
014 | 秋夜思乡
015 | 魂过老街
016 | 遥远村庄

018 雪之外
020 雨　夜
022 梦走江南
024 走过小市老街
026 吴市老街
027 乡间偶书
029 西北街
031 渡　口

第二辑　在他乡

034 今夜，火车经过你的城市
036 山　中
037 聆风塔上
039 四月过王庄
041 李市村幻觉
042 瓦楞草
043 在凤凰与一朵桃花相遇
044 石斛花开
046 西　去
048 无诗的夜晚
049 只有一个方向

051 当雾色被清晨擦亮
053 在浏河
055 桥于江水的一场告白
057 布达拉宫的低诉
058 十八岁的乔卓玛
059 镜　像
060 在他乡

第三辑　四时令

062 清　明
064 花　事
066 春　分
067 暮　春
068 春天，那一场阵雪
069 雨
071 雨夜花事
072 五月怀想
074 又见春天
076 秋天的几个断章
079 秋　分
080 不觉秋已深

082 | 廿四夜
083 | 午夜十二点
084 | 寒　露
086 | 在雾中
088 | 夜　色
089 | 凌晨两点
090 | 每一块玻璃都是夜晚的心脏
091 | 除　夕
092 | 农历七月十五日
093 | 白　露

第四辑　蛛丝网

096 | 微　醺
097 | 杯　中
098 | 回　生
099 | 酒　后
100 | 咆哮吧，生活
101 | 杯　酒
103 | 消　逝
104 | 疼　痛
106 | 重　逢

107 | 我醒来时它们还在
108 | 和你一起走过
110 | 我和我的影子对视
112 | 流　星
113 | 沉入江底的石头
115 | 夜的彼岸
116 | 快　乐
117 | 中　年
118 | 无　题
120 | 酒　后
121 | 你离去的秋天

第五辑　乌目山

124 | 乌目潭
125 | 兴福禅音
127 | 书台怀古
128 | 辛峰夕照
129 | 秦坡飞瀑
130 | 桃园春霖
131 | 石洞听泉
133 | 剑门奇石

134 湖甸雨望
135 西城楼阁
136 三峰饮绿
137 樱花三章
140 红豆挽歌
142 秋月夜
144 山那边
145 湖畔光影
146 北阳台
148 阜湖路
149 雨后，山前坊
152 小辋川秋兴
154 在山间
156 湖　畔

第六辑　与友书

160 曾园小聚
161 阳光下的墓园
162 我坐在这里想念你
164 时光太窄
166 坐在屋顶唱歌的我们

167 心地荒凉
169 胡西塔尔
170 凝神黑夜
171 如风萧萧
173 那一年
175 天堂里的回音
177 站在高处的风车
178 走过七月
180 礼　物
182 雪夜小酌
184 我是你路过的一株植物
186 流　放
188 茶　事
189 魔　术
190 虚　构
192 余　味

193 **意象实践**（代跋）

第一辑

旧故里

倘若你在街角逢着一位姑娘
她必定有着野荠菜的芳香

起风了

从母亲的田野出发
途经宣家湾干涸的河床
在张家桥的青石板上踮了下脚
转身想起老屋红漆剥落的门窗
还未关上

窗口的白婆枣树
顺便打落几颗吧
打疼的是红色的
抚摸下它们
那些忽而又青涩的脸

带上我手掌的温度
去堂屋掸一下尘土
轻一些，再轻一些
不要惊扰了
藤椅上祖父经年的睡梦

江畔独坐

——写给江畔独坐时那些陪伴我的芦苇们

就这样坐着，等风来
等冬天收拢
等江水回到源头
等身体以外的事物
以不同的身份交错
根须 泥土 裸露的虚无
和一束直射进体内的光
就这样坐着，静静的
我安静时，这个世界的重
如同芦花一样轻

我需要在芦花的骨髓里
摄取我需要的钙质
我需要风，落下如一场雪
我需要这样坐着，静静的
我安静时，我的痛苦
如同芦花一样白

沿江怀想

我一提笔
草木的叶子就绿了三分
昨夜，一定下过一场雨
不然，江水怎么越发明亮了
那晶莹也是几只翻飞的水鸟
越过无遮拦的波涛

有钢铁的手臂举起来了
四野辽阔
这举起是天边的轻雷阵阵
你若想呼喊
就喊一曲劳动号子吧
独行的孤舟早已被江水推远
无数人奔向这里，无数人驻足
无数人引吭高歌

你想起父辈们挥舞的镰刀么

流淌的汗水
是江水中的几点泼墨
在无尽的波涛之上飘洒，降落，汇集
叙说着一条叫作碧溪的小河
在无声的运行里日日壮大
成为长江的骨骼

我一落笔
四野就苍翠起来了
像植物的根须深入泥土时的低吟
像安静的草丛变换方向时的浅唱
风声猎猎
蜿蜒的苏通大桥
如同一把柔韧的弓
正被月色缓缓拉开

残　句

一

我喜欢在流水上写诗
在积雪里埋下我的碎骨
梨花开时烹茶
梅花落时煮酒

我喜欢这样的迷失
喜欢草尖尖上滚动的露珠
碎碎地喊出疼

我喜欢你摇晃的影子
夜夜入我梦中

二

我愿意把我的白天和夜晚
折成山间的一缕炊烟
芦花如飞雪般盖住逝去的村庄

我愿意门前的河流款款而去
回到轻舟的故乡
桥上凭栏不只是长笛和秋草

我愿意一株株野树收藏了银色的皎洁
多情的植物在衰败的季节停止生长
山岗静默，大地温凉

我愿意在身体里写下波澜壮阔的荒莽
我的故乡，穿越守望的山峰
安置我一世飞翔

这么些年

这么些年
每当我停下脚步
悲伤总是欲言又止
风，吹开院门，一次又一次
我已经记不清你的样子
黑夜偷走我体内的细瓷
静默的乡野中走着，只是
和我面容酷似的女子

江水总是在更深的夜里
潜入半开的城池
每一次听见回声荡漾
在城市的低处
时常梦见一枚香甜的月亮
多想把它握在手里
就像握着一只母亲递给我的烘山芋

四十年了

余晖轻吐出无人知晓的黄昏

在一棵合欢树下

我攥紧了一句清亮的童声

交付给最初的安静

遥　望

轻微地靠近风
靠近浪
靠近试图奔涌的你
以一种模糊的刺探
抵达那些扑面而来的潮汐

是渴望
正在努力点燃
点燃近的远的灯火
点燃沉默对视的我们
相互间吐出的叹息

石无语
桥无语
酝酿了千年
也无法吐出的那一个字
川流而过

梦　境

河边的土地有最好的风水
我们年年耕作
在上面种小麦 种玉米 种棉花
直到把我们苍老的一生种下

和那些青松与柏树站成一行的
是我们俯首静默忠诚的影子
还有回旋在我们胸中的河流

我知道
每个夜晚
天空会倒挂下一根柔软的藤蔓
将我们日日
居住的屋顶铺满

我知道年年的河边
玉米吐穗 棉花胜雪 小麦金黄

在我无知无觉的梦中

总有双粗糙的大手抚在我温热的额头上

写给月亮的话

孩子
在一张白纸上画下
月亮和星星

孩子
在月亮的脸上
写下
渴望有爸爸还有妈妈

她说
这是月亮的心声
她说
这里所有的星星都祝福月亮
能梦想成真

秋夜思乡

昨夜，星星在夜半的天空死去
我在麦穗尖的露水中醒来
我的兄弟们已经启程
脊背弯曲，腰缠四季
我想我的老父亲
还有门前肥沃的土壤
那个把我播进希望的钉耙
早已不见了吧
我依然能够循着村西的油灯
看到浓荫里剥落的灰白印迹
爷爷已经安睡了吗
那些草啊穿过他的白发
儿时割草的篮子
盛满一地月光
一直想娶我的男人
后来我再没遇上他

魂过老街

我的魂穿过老街
龇牙咧嘴的屋檐
时光便抽去了筋骨
瘫软一地

一双绣花的布鞋在昨夜的水洼里
张着寂寞的眼
一个名字攥得我手心生疼
五百年
昙花一现

灯要是都亮了
你的影子便会在某个窗户上成形

打更的人
要是敲亮了天
就会瞎了我的眼

遥远村庄

阳光打着伞光着脚丫
站在墙脚
我开始怀念遥远村庄
成串的葡萄
油菜金黄
狗追着鸡鸡追着蚂蚱
后面跟着姆妈的歌谣
姆妈的歌谣
装满我儿时的小背篓
婉转的旋律
唱着炊烟的模样
我的小脚丫上有着泥土的芬芳
姆妈说
向前走莫回头
我就在你身后
遥远的村庄
挂在我新粉过的墙壁上

有条小路通向远方

葡萄成串

油菜金黄

狗偎着鸡鸡偎着蚂蚱

都呀睡着了

炊烟绕着村庄跑

雪之外

烟火

是儿时灶膛里母亲燃旺的
一截通红树枝
发出的毕剥声
在远处裂开

落雪

是赤手空拳的我
与天地的相互捆绑
又骤然松手

落花

是我未能说出的
悬于枝头的缤纷

仿佛一场短暂的告白

若你经过我

在树下

那些被风吹落的

是我摇曳的疼痛

雨　夜

有无数个这样的夜晚
如荒野如丛生的荆棘
我走不出困惑
夜的缝隙里透着光
在光的缝隙里
是我瞪大的眼睛

总是有斜躺的酒杯在邻近的桌上
桌子也有缝隙
惆怅便在缝隙里滋长

可以点一盏灯
用我苍白的手指
拨动那些依然跳跃的思想和语言
都说飘散的灵魂
会在这雨夜前来找寻丢失的足印

那么，就让乐声在这一刻响起吧

就像风在空谷里呜咽

让我淋湿的孤寂

穿过风的缝隙

飘满了夜

梦走江南

来了就来了
这叹息
将满塘的芦花吹乱

起伏的岸似乎也懂了你
渐如潮长的心事
遂将明月指成江南
挂于窗前

是南国的风吧
那么轻
催促你扬鞭策马
将杏花春雨的三月追赶

怎么赶
却总也走不出一管芦笛的长度
深陷其中

推不开一城一池

唯有等泊满芦花的孤舟远去了
才能将素裹的江南描红
才能在明月之外
吹奏一曲清梦

走过小市老街

其实，都可以忽略不计
千年的光阴
如今不过匍匐于一只猫的爪下
在古老的木门前
既不张狂也不颓靡

如同久不翻阅的书
偶尔在五月的阳光下摊开
一些章节便自然散落成行

打马而过的人试图翻身而往
靠近或者远离
却不由一个趔趄没于荒草

是什么在风里传递
又一下将我们掏空

扔下来的光线还浮在窗格子里

我们不得不承认

那些半开的翠绿

横挂的粉白

早已在一扇虚掩的门内

将时光和生活

慢慢收藏

吴市老街

一说起流水绕过双溪
我就想到了三月
春天的老街
从吴讷的两袖清风里走出
翻越旧故巷，琅琅书声
孚善堂伏在一块青石板的温度里
拱手让出千年韶光
这里没有车马喧
旧门廊赐予烟火
屋瓦上鸟雀三两只
隐起身姿
倘若你在街角逢着一位姑娘
她必定有着野荠菜的芳香

乡间偶书

一

杨家湾的暮色
越过香樟树顶
与隔岸水杉频频对视
我的守望在建新塘外
被北风遮掩

乡间无一可用
鸟鸣，树影
溪水，流光

草色润滑
从季节根部泛起
有谈笑声三两
将雾气掸落

乡间还有可怀想之物
故人，田家
场圃，桑麻

二

浅泾不记谁家
风起时刻，村庄
与老树一起更迭、摇晃
河岸送走少年
长成壮年模样
笔直的连树收割了归途
万福收纳了我，站在河岸边
仿佛站在儿时的田野之上
田埂上母亲的呼喊
恰如炊烟在风里聚拢
又飘散

西北街

青石板的小巷
已没了人烟
废旧的铁门锁住了清晨的光线
穿青衫的故人
在雾霭里渐行渐远

巷口游离的车铃声
一阵比一阵缓慢
药铺子旁的小屋
在这个夏天矮了一大截
编藤条的匠人呢
竹篮子里是否还藏着
我最爱的五香豆腐干

在西北街
只有丁字形路口

还站着一个拄拐杖的老人
仿佛竹竿上挂着的最后一件旧衣衫

渡　口

云朵洗尽铅华，流水送走孤帆
长风里，落日交出苇草苍茫的水岸
白鸟与石矶平行，分开水路
返航的船只便会踏浪而来

不要问这归舟
是不是年少时启航的那一艘
眺望的人举起烟蒂
如同举起夜色中的航标灯
在明灭里站着
向彼岸挥手
一生里，要历经多少次出发与告别
才能完成一次
相渡

“从来处来，往去处去”

夜幕下，一只生锈的铁锚

按住了起伏的波涛

第二辑

在他乡

是你么

趁着这夜

将我的语言剪成灯火

扔在了他乡

今夜，火车经过你的城市

没有鸣笛，火车进站了
像我无数次默不作声穿过这座城市
窗户上的雾气更重了
每一次望向窗外
夜色便更深一些

你无数次的等待
确实在那里
如同黑色云朵
投影在白色湖泊之中

还停留在来时路上
安抚过我们的竹影
在头顶哗然割开水中倒影
黑夜层层剥离
你举起手中的火焰
将倒悬的星群一一击落

我猝然起身四顾

青春这座站台空空

而远方，松林颤动

一朵雪扑簌簌落了下来

山　中

微雨过后
漫山的草木和泉水
都成为指引

心中秋风
比山水更长十里
在庙山坞底
白鹤啾啾早于我们
叩开小洞天的木窗棂

南楼外
半幅画卷虚掩
想必是“大痴山人”焚香时
遗漏的一行墨迹

聆风塔上

天空的空寂不是因为飞鸟的降落
呢喃是一只燕子带来的
桃花已去去千里
如此只好把山色分成一朵，两朵

略显单薄的四月
我拿什么来修饰
一次裙裾荡起时的回旋
一盏紫色马蹄莲里的短暂明灭
都可以舒展
都可以飞翔或者降落

远方躁动的江水，拾级而上
在我的胸膛里渐渐清晰
渐渐，有如桃花浩荡
席卷过寂寞的山峦

苍茫，都带走吧

还有我

四月过王庄

一、黄草荡

我已听不清一口古井深处的腹语
也不再轻易遵从一块青石的召唤
我习惯了向着苍茫的野外眺望
野外回应我苍茫

然而
只是为了一次内心的朝圣
我才提起这支笔
在战争与和平的决斗中
写下我的信仰

二、兰花梦

——写给袁小弟先生和他的兰花艺术团

戴上凤冠
你从属于你的王朝而来
你的体内有呜呜的大地与河流
它们浩荡的回声
滋润了一朵兰花的盛开

滩簧呵，犹如你信手而放的筏
《钟声》《家事》《真相》
《爸爸的日记》
在激流中航行，闪耀

它们的暗香叩开我们尘封的情愫
像一种召唤将新生的银光
无限扩展

李市村幻觉

炊烟是村庄的呼吸
稻香是，蛙鸣也是
在我路过之前，豌豆花正在孕期
而红薯在土下已奔走十里

告诉锄禾的人
辽阔是土地的秘密
收获是，耕耘也是
在这俗世，我还能静静爱

我爱田野里万物进退的声音
爱三月的恩赐
一只布谷鸟隐瞒了春天的玄机

我爱庭院外的桃花说开就开了
爱那树下赏花的人
在乡间，隐姓埋名

瓦楞草

你们可以叫我野草、杂草
或者狗尾巴草
给我任何一个你们喜欢的名字
这些都和我无关

一阵风的蹂躏
或者一只飞鸟的饥渴将我抛掷
都是被逼的

这生存的尘世
击中我的风雨雷电、霜雪严寒逼迫我
必须向上
不弯腰，不低头
并且对所有的降临心怀感恩

在凤凰与一朵桃花相遇

四月的凤凰
雨水不来
小风在枝头设下埋伏
一万种期待有一万种开

你路过也好
不路过也好
不要喧哗，只要听
满园子的小小尖叫
把每一朵脸颊都叫出红晕来了

如果你稍加留意
其中最最害羞的一朵
正微微侧着身子昂起头颅
她什么都不说
只是鼓起小小的腮帮子
将我唤住

石斛花开

石斛花开了
站在花间
如站在波涛之侧
暑气绵延，近乎体内枝叶
攀附住花朵香气
香气来自于蜂拥的密语
“亲爱的，欢迎你”
并没有人在意缺席者
缺席者为尘事所困
留下悬念
亦为新来者替代
刚刚摘下的石斛花
是为了酒而预留
十年往返于两地
常为客
我并不在意花多开了几朵

我只在意凤凰湖是否
为六月雨水覆盖

西　去

舟行于淮河之上
将别离挂于西天
那一抹随天而远的红

不敢停泊
回首是渐重的烟柳
你将浮华搬去了天涯
留五更的风轻拍船侧

若要追赶
也只是那只落队的雁
在潮平的刹那
擦过船帆

灯火燃尽
请允许我哭
也允许我快乐

在这平静的淮河之上

静静环顾没有了你的四周

无诗的夜晚

今夜实在没什么可想
窗外那棵孤树也已被夜风吹瘦
记忆是滴水的雨巷
我不敢穿行

怕黑夜已偷走了灯火
找不到最初的地方
抬头有只羽毛鲜亮的雀儿
时不时地跳上窗口

一种东西诱我远去
却怎么也走不出墙与墙之间的夹缝

是你么
趁着这夜
将我的语言剪成灯火
扔在了他乡

只有一个方向

在行驶间忘了方向
停留的地方是
灯火闪烁里裂开的转角

北方的季节总是很干燥
眼睛是唯一潮湿的触角
我们看不到
灯火辉煌

云层随天空逃遁
随你我的双手
试图在窗外撕扯
拉远了
悠长笛声里的叹息

白汽在窗玻璃上
长成一个头像

名字署得很潦草

风只有一个方向
往北吹
我掉落在南方
一个多雨的
城市的檐角
数着还剩下几片干的羽毛

当雾色被清晨擦亮

在陌生的城市收起翅膀
把自己安放进一个虚拟的清晨
路过的人面容黯淡
他们用白丝织网
在四周布满纵横的薄霜

总有相同的布景在秋天里沉默
躲进云层的日光
等待泅渡尘埃上的水滴
万般俗世的旧题
经不起一再追问盘剥

该怎样分辨远方
以及雾色里的你我
伏在彼岸的花朵
遗失了陈年香气

它弥散的轮廓冲破山谷

我们面对面落座，旁观

在浏河

——写给娄江诗社

爱上一条河流
爱上它的蜿蜒与深度
爱上它在流光里的表述
它的曲折，无尽与漫长

爱上一座小镇
爱上它的屋檐与巷口
爱上它腾腾热气的市井
它的饱满、恬淡与丰实

爱上一首诗
爱上它的沸腾与热烈
爱上它在阳光下的盛开
它的沉默、辽阔与从容

在浏河

我能把那些爱过的事物
重新擦亮，并且
再深深爱过一遍

桥于江水的一场告白

流水无语
涉江而过的人
从掌心取走尘世和梦境
我手中的波涛倾泻
那么多的星星在天空站立
为你交出彼岸
而彼岸秋霜覆盖
潮水节节败退
一只水鸟于芦苇中惊飞
这移动多么孤单

在江水之上
所有期待的到来 相遇 离开
都如此迅疾
又如此平静与浩瀚

有谁来抚平

我体内的波纹
在日与夜的遥望里
我早已知道
我跟随的不是风
是彼岸
是一支箭划破苍穹的悲鸣
这横跨与飞跃
是我寄予大地的箴言
当命运的桅杆抵达视线
当万物归于阳光的照耀
我来，只是为了渡你

布达拉宫的低诉

在拉萨河谷的风中
鸟群从高空飞往低处
雪白的宫墙托起赭红的宫殿
像夕阳越过雪山

朝圣的人群为转动的经筒指引
顺从而又坚定
我跟随了一束光的踏入
移步于巨大的容器之中

语言已经丢失
让人盈满而又空寂的是站立
在突然而起的诵经声里
默念了无数次的愿望尽数滤空
只看到一条来时的长路
所有叩拜的身体
在雨水的泥泞中匍匐

十八岁的乔卓玛

卓玛在草原上刷洗马匹
我在她家晒青稞的屋顶看远山
云雾徘徊
像缠绕在山中的河流

紫色与白色的花朵
时而隐没起她的身子

昨夜，我们在扎西岗的经幡下
相互倾诉
“我从未走出过这里的高山与草原”
“你回到我的城市
我留在你的马匹身旁
直到我的脸上
也开出一朵格桑花”

镜　像

搭乘湖边的小火车
可以进入茶卡
我更喜欢叫它“青盐的海”
一个镇上的老人把卡念作“qia”

多么美妙的发音
它卡在海西的胸膛里
卡在我与天地的关联之中
在这里，天是湖的一部分
湖是天的延伸
而我
于这尘世间
只是一个虚幻的倒影

在他乡

比时间流逝更快的
是茶中的一盏热气
是箫音里的阳关三叠
打马而过
雪之蹄声缓慢
又渐渐逼近
像偶尔不知所措的我们
又常常心生鹤唳

第三辑

四时令

每一年在窗下经过的
每一个秋天
都停在窗下了
包括那只小虫子的叫声
你可曾听见?

清　明

一

雨适时地来了
你的脚印隐没于雨的脚印之后
我们距离如此之近
在你身侧蹲下
一伸手就能触到你的须发

温润而潮湿的墓草
如你宽厚的手掌轻抚我的额头
而我，只是垂下头来
不敢直视草叶上滚动的水珠

多么羞愧啊
去年的诺言还在
崭新坚定仿佛刚刚喊出

二

扛着一把锄头去看你
不带鲜花和纸钱
锄一抔新土在你的坟顶
我是你永不枯萎的花朵
我的思念是永远燃烧不尽的纸钱

花　事

一、桃花的独白

疼痛来自目光的碰触
而绝非抚摸
有棱角的是枝干
每一处纠缠就像一场预谋
不用更改任何一个部分
春风十里
浩荡，是唯一的表达方式

二、樱花落

在水墨里点上一枚朱砂痣
在烟雨里淋湿一抹胭脂红
江南就盛开了

涉水而过

我是最最素白的那一朵
从枝头款款而下
成风，成雪
成四月里一叶无航的扁舟

三、海棠，海棠

此去百里也赶不上一场荼蘼
此去千里也走不回故乡
你的额上有青瓦
你的额上有白霜
风中寂寂，如云堆积
今夜，不燃高烛
我只点燃你

春　分

蚕豆花开了
日光缓慢地落下来

会倾听的小耳朵
让人相信草木都有生命

你偶尔俯下身
对着它说话
像对着一个小恋人
吹动她鬓旁细细的茸发

暮　春

此刻，尘土匍匐
草木交出它的内心
骤停的节气外雾气迟缓
一滴顺水而下的湖泊
勾勒出遥远山峦
闲坐。对镜画出远山黛
窗下抚琴
溅起流水淙淙
院落外，孩童声次第
恰如三两声鸟鸣翠绿
装点进陋室
案上。一本经书半翻
半盏凉茶微温
落笔诗行
前两行扑喇喇而来
后三行于日光中消隐

春天，那一场阵雪

风中，芦花散了
它们没有选择
只有离开

牧羊的孩子扬起鞭子追赶
身后的羊群
和芦花一起
落入山外的河流

这个春天
芦花一样干燥
羊群一样
拥挤而又慌张

雨

一

雨在黑夜里落下
有些隐入泥土
有些回到天空
他们无法抵达低处
在没有蜕变之前
它们像我一样
犹如尘土

二

一直想要一根针
把它们串起来
檐角上的一滴
草叶上的一滴
你发梢上的一滴

这些点滴可以盛在一只青瓷碗里
下雨的夜晚把它们捧起并照见自己
不要阻止我伸出去的那只手
它比雨水更单薄

三

于是我想起了你
在我身后的白墙上钉钉子
雨点敲打着窗户
你敲打着我
我们试图挂上的那副图画
一直找不到名字

雨夜花事

辗转的不是身体
而是窗外那盏夜半的灯

守夜的人
误把更声敲成一朵一朵桃花

桃花开在春天
开在不眠人的心尖上
红的，粉的，白的

雨一落下
便成了千万盏灯

五月怀想

风在渴望的边缘
伸一瘦骨嶙峋的手
试图勒住旋将断裂的缰绳

破茧而出的情感
在高飞的雄鹰翅膀上回旋

五月的风
鼓起记忆里飞扬的风帆
那不曾改变的梦想
随着衣襟震颤

我的竹篙
点着前人的诗篇畅想
袖间跌落的句子
在五月张扬

看蝴蝶在花开时刻
折断了翅膀
坠落在半空化蜻蜓又上檐角

手中的竹篙
揽过我的腰
跳一曲流水行云彩云追月雨打芭蕉

又见春天

那片葱茏
也许昨天
也许更加往前
谁把我的根剥离泥土
又践踏
痛楚被风霜轻轻埋没
心被揉了一下
钻出冰冷的泥土
伸个懒腰
春天就在这时候爬上树梢

用绿色画一个心形
骨节噼啪伸展出一路轻歌
我看到根的蔓延
似乎是爱的舞

风用掌中的脉络

招来了整个世界

秋天的几个断章

一、秋是一件老去的衣裳

与颜色和质地无关
就如同爱一样
你早已习惯让它们老去
不再华丽地穿上

二、风和叶子

穿过的时候
我总是一样
缓慢地不曾变换过节奏
只是你突然将迎风的手掌停顿了片刻
所有的脉络才一一呈现
这全部的过程
没有人看见

三、雨中蔷薇花

无法强求
就如同爱情和命运
如同满庭扑落的飞花
当风雨来袭
挽留不住的
便撒手而去

任凭空想象
才能将满地的红收起
装扮成昨日模样

四、本意

其实
我的本意不是如此
我想将最美丽的呈现给你
在一切还没有熟透之前
我早已在枝头的每一寸光阴里
种下了希望

只等待你前来

一一收割

秋　分

不要忽略了深夜里
依然亮着灯的窗口
和窗下那只
轻浅吟唱的小虫

它们从来不像我
习惯性地保持沉默
习惯性地保持端庄

每一年在窗下经过的
每一个秋天
都停在
窗下了
包括那只小虫子的叫声
你可曾听见？

不觉秋已深

"草际鸣蛩，惊落梧桐"

——多么凉的尘事。

这个傍晚，西风一路铺下去
平野，两三朵深雪种进远方
我多么像篱笆外一条无人经过的小路
延伸进夜色

独坐。生炉火吧
温三两旧事，下酒
让炉火暖起来
让思绪凉下去
然后把自己放低
抽刀断水，拍手狂歌

素年，我锦衣的素年
一如月光，一如炊烟

浮槎来去

这无人的人间

不忍倾诉

廿四夜

湖水的围绕令呼吸起伏
相谈是风声
从东岸吹到西岸

潜伏的群山什么也不说
酒杯满了又满
熟悉的脸孔变得陌生

这个夜晚
冰凉的液体温暖了腹腔
还有什么让我们突然站立

黑暗的河流早已删除
我们相互拥抱
又相互折断

午夜十二点

挂钟敲了十二下

星星打了个哈欠

水龙头坏了

滴水

我的自由

失去束缚

推窗

后背长出翅膀

寒　露

湖边看云
远不如山中听流水
流水潺潺
是等待的拱桥
向另一个无限延伸

有一阵，风晃动树叶
我以为，是你来了
随乌云降下的雨点
在山道上印下斑纹
像你的足印

再凉一些
枫树会偷偷跑下山
饮我余下的陈酿
垂挂于松针之上的浪涛
会在无人的山谷

托起一弯冷月

如我想你时

留下的一处停顿

在雾中

我急切地寻找
隐藏于缝隙的光，隐藏于缝隙的
一匹偶尔落荒的马
它来自昨夜我的胸中
来自一片皎洁的荷塘，一丛艾草潮湿的顶部
它的蹄上有昨夜悸动的欢喜与疼痛

它来自雾中
来自一座尚未打开的城池
孩子渴望的眼神可以住进去
扛着旗帜的少年可以住进去
一朵骄傲的梦想可以住进去

所有等待发酵的美好
像一粒饥饿的种子
像我，急切地
穿过人群和河流

以及那些荒诞的充满潮气的隐喻
在每一个停滞不前的瞬间

夜　色

有一片沸开
一片被聚拢
在湖水深处
沉睡经年的水草纠缠不休

我们的目光
轻吐出整个夜晚的醉
红罂粟，黑罂粟
被一小朵水花荡开
布满了夜空

你躺在青石板上
对着虚无流下持久的泪水
远方伏在远方
身体下涌动的湖水
将我们行走的路途
一遍一遍打湿

凌晨两点

凌晨两点
这座城市的心脏和我一样
开始早搏
窗外有雪
围住了十九层的困顿

对面一扇蓝色的窗户亮了
像一个巨大的鱼缸飘浮在海面上
一只手从最深的黑色里垂下
抓起一把孩子的啼哭
又抓起一把
散在黑暗里的脚步声

每一块玻璃都是夜晚的心脏

必须清点
从阜湖路旁的梧桐树叶间
漏下的风声和反复叙述的语言
它们被虚构，被伪装
在夜色里和我有着相似的容颜
年轻时青丝云鬓，老了白发苍苍

一些被驱赶的记忆早已置换
有人划破旧伤
有人说想念 记起 忘却
在自己的身体里面，看不见的露水冰凉

我要远行千里，双肩落满风尘
在这样的夜色里
独自走上一程

除　夕

白天给母亲理发
和去年没什么两样
剪去多余的枯发
留下越来越少的黑
晚上陪父亲喝酒
像所有人一样
抬头 举杯 低头
互道喜乐安康
鞭炮声一阵紧似一阵
而冬天离去得那么干净
没有一点儿声响
仿佛一座废弃的庭院
一推开门，就会有无数萤火
落下来

农历七月十五日

焚香，点烛

摆出反复擦拭的器皿

酒菜温热，果蔬还留有园中青草之气

去年偷食的顽童已长高一截

放下蒲团与双膝

在人间活着

所幸还有时节可以分辨

燃起的纸钱堆埋进了新亡人

斟一杯浊酒

岸边苇草又低下一寸

流水完成了又一次对抗

它允许人们放下灯火

水路幽冷

在夜色里带来无法辨认的归途

白　露

日光南移
凉意转守为攻
暮色里，大雁成行往南飞去
游鱼藏身于湖底

信手铺开尺素半方
才落笔三行
另三行渐次消隐
“浮雁沉鱼，
终了无凭据”

晚风奔向山峦
人生已到凉与热的分水岭
草木收起云心
十余年互为陌路
就把你当成年少时
草尖上，一枚滚动的露珠

第四辑

蛛丝网

如何抵达？
一个又一个向外飞奔的我
迅速隐回体内
更大的虚无覆盖了我

微　醺

寒砧
只是古时的寒砧
今也无用捣衣
冷时有酒
三两杯便有炉火融融生起

寒凉
只是世人的寒凉
孤独时有雨
可以落下
润不润物乃是题外

山中有雪无雪
皆无大碍
胸中有诗
自有月色可入江河

杯　中

夜色将白
故人，在千里之外
我将投于枕边的半抹月色
注入杯中
你跃入水中的倒影
是一串踏雪的足印
黑，而寂静

回　生

——乙未年夏日过螺蛳湾小记

四野空茫
而我，是其中的一小片
我的行囊空空
彼岸，遥望你时
我卸下体内的积水生长成江河
我拒绝流淌
于泥泞之中独立
根须坚硬，盘亘绵延伸展出荒原

荒原，回我以空茫
风自江上来，又逝于江上
如何抵达？
一个又一个向外飞奔的我
迅速隐回体内
更大的虚无覆盖了我

酒　后

像钟摆一样，一年的摇摆突然安静
大雁思北归
尘世的距离比天空更远

夜深，我们仔细擦拭蒙尘的身体
酒斟得越满它们就越干净
倒映的杯中
影子折射出虚构雾气

钟声送来的抵达
像黑夜簇拥着一朵风中残荷

在这个奇妙的夜晚
我想诉说的旷野
同湖水一起消失

咆哮吧，生活

从我的世界里滚出去
一个声音这样大喊

于是，我开始默默练习
把自己圈起来
像个皮球一样时刻准备着
随时弹起、落下

直到每一个着落的撞击
都变得那样轻

杯　酒

饮下杯酒时
应该有涛声
应该有千帆过尽

应该，有人起座
读我的“山中”
你的“花间，一壶酒”
时空交错的山中
没有赏花人

花间多隐晦
而杯酒的碰撞声正好
它遮挡了
我们在词语中交出的原野

为时晚不晚，何妨
着不着长衫，何妨

杯酒饮尽

自会有人出来相认

消　逝

白帆船远去
南风撞上墙头
停了又停
是鸥鹭的尾翼
在五月剪出战栗的木香

一条没有尽头的路上
我手指着前方，说
春日消融
一些只有我们才懂的暗语
残月般凉

所有沉睡中的依然沉睡
孔明灯放飞了半生
未抵一个通明的梦境

疼　痛

一、丢失

前几年，我总是丢东西
钥匙、钱包、手机
它们不在我的身体里
容易走失
这几年，我又不断丢东西
朋友、感情、憧憬
我原以为她们都在我的身体里
却也那么容易走失

二、疼痛

把我捣碎
用一千根肋骨穿透
把我钉上雪白的墙
示众

一千根鞭子从心底长出来

一千只手从天空落下来

重　逢

就这样用双腿丈量
从一个小镇到另一个小镇
从黑夜到黎明
让风从我们相隔的缝隙中溜走
去它该去的地方

去青草与青草相缠的田埂
去更远的远山
——呼喊
就像这世界上只剩下了呼喊

就像
只剩下了
一个男人和一个女人
二十年后的
一次重逢

我醒来时它们还在

我醒来的时候它们还在
拥挤着 窃窃私语
像黑夜里不被人发现
偷偷生长的植物

这些发生的
正在四处蔓延的
黏稠事物
总有不可告人的关联

先知
没有出发之前
请告诉我
比黑夜更黑
比漫长更漫长的
是不是你的消失
和我的等待

和你一起走过

喜欢拉着你的胳膊行走
夜还不是太深
那些道路旁的灯光
知道该如何把昏黄洒在我们身上
好像没有风
我闻到了菠萝的清香
酸甜的气息就像我们的爱情
走过桥洞的时候我想
幸福应该就在我们头顶的再头顶
在高远的天空里粲然经过
于是 我试图跳跃着向上
试图够着它们
哪怕是在黑夜里
我就想这样跟你走在路上

在变得越来越老之前
总是有很多线索

仿佛运河上的船只急速穿行
水波里是无法控制的浪潮
被我们抛在身后

只看见你的影子站成我的影子
黑暗中的流水声卷过来
撞在高高的护栏上
流水能够走多远我们就能够走多远

奔跑吧
顺着河流指引的方向
让我继续把脸颊贴在你的后背上
别说为什么
我已经忘了黑色的背景和浓密的忧伤
你也应该一样

我和我的影子对视

风的爪子很锐利
缭乱的旋涡
裹着我的影子
影子从地上爬起来
摇晃着问我
你是谁
牙齿排挤了嘴唇
得意地笑
我把你的面具戴在脸上
白天摇着尾巴
影子愤怒
抓住我的肩膀
你把面具扔了
我的容颜
遗失在哪里
伸出长长的指甲
十道白色的印痕

给了你 影子

我自绘的容颜

这痴狂晚上

你可站在我站的地方

我要躺在你躺的地方

旷野

蓝色月光

风里影子长上我的翅膀

我跟在我的影子身后

流　星

请允许我
稍稍休息一下
我累了
让我停顿在半空
用我决裂的眼神
射入你的心中
我是即将坠落的那一颗
在无尽的黑里
自由——
画一道美丽的弧
又
瞬间隐没

沉入江底的石头

我曾是岸旁
柳荫下的
那一颗
安静地
听他和她的承诺
我曾在月华如练
秋凉如水的时刻
看一群手持火把的人
将他们分隔

我曾被他们利用
捆缚住装载她的“猪笼”
带着她的自由
一起坠落

我看到他手持利刃
劈过江水

斩断绳索

带她上升

我沉落在江底

看繁华从身旁滑过

夜的彼岸

都拿去吧
这些都不是我的
星光和明亮的灯火
容易惊醒沉睡的人
该说的我已经说了
不要再问我
爱或者不爱
活着或是死去

夜在彼岸的彼岸
也已经沉睡了
在一片沉寂里
哪怕你点起烛火
也擦亮不了夜的眼眸

快　乐

快乐
像小时候爱吃的棉花糖
长大了
在抬头看天空的时候
粘在云层上
飞了

记忆
是门前那条流淌的小河
云层在水里
捧起来
又从手指头缝里
溜了

中　年

壶中煮日月
就觉时间绵长
中年的心思
比红茶更红
比绿茶更绿
除了一次又一次的倾倒
余味越来越淡
也越来越醇
像一块能够吸附的海绵
说什么都是次要
没能说出的是生活的大部分

一生剩下的
就是一次次的冲泡与过滤
这种没有颜色的漂浮
是站在阜湖路中央的我
所有的放弃和妥协

无　题

从尚湖的林荫道往相城
因为修路折返两次
通告从来不为顺途所设
一车十一人
说及生死
闲聊随车窗前落叶
成为死去的一部分
隔岸归一苑在薄雾中
仿佛一座虚无的收容所

水杉立于湖水之中
白鹭还未飞起
清晨是一次新生
而暮色沉在湖底

想起母亲说

来这世上一遭

从未曾想活着回去

酒　后

随时都会破裂
被分散、瓦解、重构
这些小小的水滴
一颗紧挨着一颗
越来越密集
在杯中埋下乌云与闪电

“万壑松风起涛声”——
另一个江湖
席卷了乱石，枯枝
被庇护的庙宇
闪现出棕红色马匹

这纷乱的秋天
不断落下尖叫与逃亡
声波跌宕
在意识之外将我们一次次击中

你离去的秋天

掉落是秋天的必然
虫鸣、蝉尽皆为暗示
外婆，你无需担心
如果不这样，果实如何回归大地
泥土如何在不可知的某日
交出被带走的那一部分

有些秘密只有秋风知晓
它们像我一样，总在不停奔跑
时而裹紧自己，时而又打开
不要害怕，外婆
我们的身后总有落叶尾随

第五辑

乌目山

我是否可以把自己想象成
与你相撞时的一记钟声
想象成
檐角风铃上的一个颤音

乌目潭

暮色尚在山外
敲响最后一记晚钟
潭水平和，不动声色
三两只野鸭在水面逡巡
倏忽探入潭水底部
它们潜伏的时长与水流的骚动有关
与我，无关

兴福禅音

山光隐秘
木鱼声打开山谷
打开钟磬与鸟鸣
万物皆被敲打，唤醒
空心潭的空悬而不落
我们倒立行走
在水中照见另一个自己

穿缁衣的人正在路上
袍袖里有鼓动的流年
他踩过的青石板回声轻盈
每一记轻叩皆是佛音
杏黄的山墙外，秋风不恸
一丛萱草端坐如我

而，此刻
奔赴的破龙涧正走出深山

我是否可以把自己想象成
与你相撞时的一记钟声
想象成
檐角风铃上的一个颤音

秋风沉默着并不说话
却早已漏洞百出
我起身
擦拭心中的杯盏
不再为注入
而是倒空

书台怀古

在林间翻书，静坐
迷恋一些闪亮的事物
我偏爱使用这样的诡计
将悲欢取出

孤独只是一种颜色
白茫茫伏在四周
有时，我怀疑它是一场雪
覆盖过古人
又堆砌了我

辛峰夕照

松果落下之时
日光也跟随下沉
空气迟缓松散
无人察觉
天边暮色想要说些什么
城门外高出云朵的风声
比湖水更为汹涌
槐花无声地开着
爬山的少年
行着行着就到了中年

秦坡飞瀑

不过是受旨于风雨
胸怀猛兽之人擂起的战鼓
不过是鼓声四起
驱散了汇聚的马蹄声
不过是蹄声奔腾
踏醒十面埋伏
时光的隧道中万千景物更替
我们需要某种暗示
透过奔流的叫喊
找到疼痛的来处

桃园春霖

我只想用一朵花开的时间
将过路的风拦腰截下
相逢也别在衣襟，离别也别在衣襟
不再允许自己
一次一次，将水中的倒影看成桃花
将桃花看成流水
将流水看成你
一直以来我在你身后追赶
而奔流总是你的奔流
干涸总是我的干涸

石洞听泉

很多事可以在秋天
被我们遗忘
比如远方
一抹还未被枫红熏染的绿

比如随时可以亲吻的草木清香
它们在四周传递
清浅略带忧伤
仿佛掠过山头的风
吹动一朵迟迟不肯举步的浮云

它们没有能力继续行走
它们，是一弘潭与泉水的对峙
它们仿佛我
在山涧中奔流不止
用自己的身体撞击每一寸疼痛

不死的疼痛

却忘了由哪一个山顶而来

剑门奇石

于一株古松下
背身而立
山风鼓动衣袂
此刻，我是树木埋下的阴影
是空谷回声

假设有一场雪自山外奔来
假设有一枚长剑破雪而入
我必不会呼喊
并将以裸露的伤口
呈现我的愈合

湖甸雨望

烟拢远树，云拥湖山
这眺望是一场雨的告白
它带来欸乃舟楫
如鸟声，半推开江南画卷
西门外
有人提万顷湖水而来
将山野泼染
有人自山崖垂下直勾
系鸟声三两，钓一蓑烟雨
归寺僧，扶犁农
愿者，上钩

西城楼阁

这是西城的夜晚
楼阁已被点燃
一条斜伸的石级
将山色分成两半

城门外人声已淡
拾级而上的足音已淡

如果风能走得更急些
就会去大石山房倾听
一座楼阁与另一座楼阁间
有我未曾说出的心事

三峰饮绿

提篮，打水
热衷于日常虚无之事
热衷于一粒米的从无到有
一朵花的从有到无

热衷于松下饮茶
寺边独坐
不管大江东去
窗外雁阵
归去来兮
飞鸟是否是去年那只飞鸟
是鸟的事
松是否还是那株松
是松的事

樱花三章

一

当落日被飞鸟衔走
暮色从天际生出羽翼
远山便以灯火昭示出苍茫
我的眺望未能与方塔平行
病毒先于霓虹将浮世分割
垂挂阴暗的藤蔓
试图挑逗晚来之春风
街道清冷
枝头仅有一个花苞
我把它看成是春日的一个哨音

二

山峦清寂
炉内取出的炭火依然冷

庭院里几只鸟雀落下羽翼
春日迟迟，就是这样
像一个少年推开隐秘之门
他撞见
一朵花徐徐展开
生命必经的历程
是水中两尾鱼的交欢
将悲哀倒置
枝头就成粉色的了

三

再低一些
流水便会送来乌目山
三月雪从高处飞往低处
覆盖住环城东路
护城河的水皆有曲韵
比它们更热烈的
是你仰望的脸

“它们都开了吗？”
如果每一次探问都能让春天

在武汉的胸膛里跳动

琴川的樱花一定会你追我赶

把自己交给三月

红豆挽歌

——致河东君

假如蓟草的凉意
比秋风更急
我是否可以借来
你的半帘灯焰
照亮红豆山庄的旧影

三百年后
我路过这里
像路过三百年前的你

终究是错付了
踩着落叶寻找归路的人
无法与你纵身一跃
当惊起的鸟群自远山飞奔而出
在树木的荫蔽里
时间之手将火齐

深埋于坚硬的壳中

一株被烙上“相思”的树
他日，只管枝繁叶茂
不必无故开花结子

秋月夜

一

读“空山新雨后”
扫庭院秋风
慢火煮溪水
撒下鸡头米、桂花栗和虫鸣
芭蕉树影已经用旧
剪几叶制茶席
在天井里，备下红菱碗碟
等故人前来，如等
明
月
入
怀

二

不再眺望了
池荷从水中升起
抖落一身寒意

野菊花铺满山径
而秋月独在山径之外

不如抚动琴川河吧
我无法说出它的弦音

冷与暖挨挨挤挤
像流水与山石相互碰撞
像身披秋风的人
与身体里另一个自己的
一次相遇

山那边

坐在湖边
可以看到远山
看到
太阳把脸藏在山后边

听说
山那边很美
可我从没去过

看着我的衣角
曾被小月扯过
那年冬天
她说
不知道山那边
是不是春天

湖畔光影

还没来得及远去
天边的一行归鸟
已经飞在衔月的路途之上

晚风吹破湖面
陷进青山的倒影里

那条上山的小路
像一条破碎的伤口
被落日的余晖染红
慢慢愈合的光影
将我化作湖边
一块静默的石头

北阳台

打理废弃的阳台
移进一草一木
每天浇水 偶尔施肥
搬进桌椅与闲坐的时光

学会勾兑，稀释
适时修剪与舍弃
像多年前在乡间劳作的母亲
白天身背喷雾器
夜晚在油灯前写下
“心安茅屋稳
性定菜根香”

人到中年
与泥土亲近
与草木交谈

同类不能交付的

植物会给予

阜湖路

车灯的缠绕使夜晚斑驳
它打碎相互追赶的幻境
速度宛如雨水顺着缝隙
落下

雨刮器比时间更缓慢
我伸出车窗外的手多半有些迟疑
它握住了无边际的黑

不会像多年前一样了
台阶上的烟蒂早已熄灭
我们远隔千山万山

而路边梧桐似乎仍谙知故人
它不断投下阴影
试图遮蔽我心中
那片小小松林

雨后，山前坊

一、雨后

出阜成门往西
山路忽略了起伏
水汽从山顶垂挂至半山
远山迷蒙
才想起一生也已过半

山道旁开花的树木
叫不出名字
车辆，擦身远去
我们转身走入人群
又从人群中消散

人到中年，学会退场
恰如山风适时越过了城墙

叶片上一滴残留的水珠
临时充当了句号

二、山前

从水运码头到煤球场
从石材加工到废旧回收
历史的舞台从来不缺创造者

百年旧楼阁为现世填充
祠堂幽静
陈列了光束的瞬间
一场被镜头定格的画面
造就了新光阴

空气里香气甜蜜
年轻的脸庞
这些崭新的
也为下一刻用旧

而西墙上
一只龙虾兀自举起火红的大钳

三、然后

坐在酒吧
不一定饮酒
窗外日光为雨水逼迫
两杯西柚汁
在灯盏下成为倾听者

冰水也可解冻昔日
它波光旋转如水中投石
十七年了
细碎的错误随雨水渐隐
山水从未变旧
我们历久常新

小辋川秋兴

长廊逶迤，疏柳扶风
秋色早于虫鸣
落入另一侧水岸
池荷卸下华盖
一两个莲蓬自碧水中升起
它们，有时像寂静的收音机

有时像我，在园中枯坐
山满楼上石级化身白鸟返回山林
邀月亭畔修竹提笔
给冷月写下信件
似舫中，一曲“游园”唱罢
柳风桥上红蜻蜓适时充当了戏中人
向水面送去秋波

这园中的一草一阶
皆为通灵之物

我深信，当明月移动了群山

它们能够，把离小䦆川而去的人

一一召回

在山间

一、流泉

秋光在潭水中施展点金术
山坳里，云朵也有自己的幻术
它们擅长于让流水显形
石涧曲折
迎接溢出的金石之音

流淌时，泉水打开花瓣
绽放又凋谢
如果它们愿意，也可以化为飞鸟
至于最后的去处
蒲草与萱草各执一词

二、鸣蝉

蝉鸣从高处落入山涧

流水因浮光涌动波纹
独坐潭边，如悬于蝉声之上
身后竹林躁动
它们体内仍有浓郁之绿

假如可以选择一次自由落体
我愿从高处奔向低处
潭水平和为我打开幽深通道
无论黑暗如何围困
我希望风，成为光
一个个旧我从体内剥离

“知了——知了——”

众蝉在林中唱响
最后的颂歌

湖　畔

坐在湖边
仿佛落座于杯沿
秋风识趣，吹动杯中浮沫
一朵掉队的闲云
跻身于储酒的壶中
举杯，湖面竟然先我而醉

过路的蚁群扛走食物碎屑
沿湖边爬行
它们并不在意终点和起点
少年们下水打捞菱角
随手捞起一把碎银
这些细小的事物
会带动水面泛起涟漪

迟到的人还在山路盘旋
因为等待，水鸟飞得低缓

一些人从湖边返回
他们的人间
像落日裹挟着余晖
退隐江湖

第六辑

与友书

送你清风两盏
风中松林
林稍雁阵徐徐
送你浊酒三杯
杯中旧事
世外音迹杳杳

曾园小聚

在一池枯萎的荷叶前
我们围坐着
大声谈论着诗歌
仿佛我们正挥鞭
驱赶一条河流
走出薄薄的冬天

那时候，轻风在远处的树梢打卷
一枚柳叶正刻上春天的眉头
被我们热爱的所有
都在诗歌之外
将落未落

阳光下的墓园

——给存玲

别再用你的锄犁过我的黑发
我的行囊里早已没有了水
每一个黑夜我都靠墙站着
看狂奔的车辆如何覆盖过我流血的身躯
一切都已经停止
包括那些年轻的语言
我多么想念你
而我的墓碑已不是我的肩膀
亲爱的，别靠着它哭泣
我想看到你微笑的脸
就像这早春的空气

——清明，阳光下，墓园，车祸丧生的男子。
　　清明，阳光下，墓园，掩碑哭泣的女子。

我坐在这里想念你

——给子矜

静静坐着
将想念缄默成一个无月的凌晨
想说什么终没来得及说

没来得及说的时候
我把对你的记忆叠起来
放在手心里握着
手心一直很暖
暖意如风
如你经过我身旁的那一刻

这个季节有灼灼的感叹
你的目光总是隔着远山
夜一样深沉

想闭上眼睛

走进记忆散落成的风景
用我沾满泥泞的手
触摸你

无论我坐在哪里
日子依然这么漫不经心穿过荆棘
如你的身影由近而远
由远而近

时光太窄

——给 XJ

独站在七月的意绪之中
日子在脚下蜷缩荒芜
窸窣的昨日停留在浓密树荫
没有期限时光太窄

那些不安的孤草
离开昼夜之间的荒野
穿过我凉凉脚背

空旷是流失的背景
每一片叶子都在窗外舞着
指缝太宽抓不住斑驳光影

早已在窗口定格
飘飞的流年以及你
还有那些没来得及落在身上的星火

这个干涩的夏天

我们注定流离失所

坐在屋顶唱歌的我们

——给海水

在忽明忽暗的影里
寂静总是将巷子一口一口吞下
你说在你的身体里
有一扇久不开启的窗
总有些声音被冷冷的风吹响

我空空如也
没什么可以给你
你看，麦子在田野里闪着光芒
饱满得就像燃烧的火焰
去摘下它，嚼碎它
我们必须自己
站在自己的肩膀上
飞翔

心地荒凉

——给心地荒凉

整个下午
我像一具死尸那样躺着
窗外的阳光很艳丽
我的头发将我的整个脸都盖住
浓密的黑色将我埋葬

有人正在风里走动
大街上盛开的紫薇花也在风里
我不用睁眼
就能看到天上的云朵

它们没有颜色
也没有芳香
就像我

你笑着

既不反驳也不接受

雨什么时候开始落下来

它们踩上我心底的荒草

它们都光着脚

多么柔软

我却把什么都忘了

胡西塔尔[1]

——给大漠

悦耳的琴声已经拉响
你可以蒙着你的半边脸
听或者不听
想要诉说的
都在弦外
如果留意
便会翻过皑皑雪山

是怕触动呀
你把拉弦的手停在半空
剩下的就只有大块吃肉
大碗喝酒
所有过往
早已老去
八根琴弦再也拉奏不出雪月霜花

① 胡西塔尔：原称“艾西塔尔”，维吾尔族古老的民间拉弦乐器。

凝神黑夜

——给小白

风已调松了琴弦
月却被水中的投影牵绊
倘若野兽们都在原野里睡去
你会把手中的锁链丢在脚边
我可以站在永远开花的对岸
和时间一起对着微小的叶片呢喃
而你的灵魂原是处战场
理智在飞升与跌落间举手挥摇
横空而过
是昨日停于半空的箭
如今步伐一致地向我射来
将游走的轻纱挪去
谁是你最弱的一环
在火焰与风烟汇聚的刹那
无声悸动又瞬间停息

如风萧萧

——给如风

请带上我好吗
带上一路柳绿一路桃红
带上无限风光
让我们在时空与怀想之间并肩行走
穿过三万里黄沙
掬一捧清泉
洒在思念干裂的唇上

那些无悔的追寻
早已注定今生的漂泊
千万里之外　萤萤灯火如豆
借你浮动的灵魂狂饮
把畅想挂在西窗之上

你看
所有微笑的泪水

已吐出第一棵嫩芽

池中最美的一朵水莲花

正被风轻轻吹动

拨开云层吧

纵然山重水复

也要隔着熙攘星光群山苍茫

相视而笑

那一年

——给 YJ

已经记不得那天天空的颜色
风是否轻柔
要走多少个岔口，才能停住
只有你的沉默
随岸旁杨柳垂入水中

总是故意退后
些微的距离
感觉疼痛
身旁一切尽数前行
而我以最快的速度缩小

站在白雾中
卖花女孩鲜红的衣衫
在后面追赶奔跑
她穿过我的影子你的身躯

提着空篮大声呼喊

已经记不得要跳过多少个水洼
才能站在阳光的出口
我的脚尖背对着你的方向
找不到一个转身的理由

天堂里的回音

——给 hf 已故的小妹

有一颗顽强的
植物的种子
果实还未饱满之前
便将自己献上
随风远扬

现在还是太阳初升时候
风却吩咐我该离去了
我的爱隐没于你们的记忆之中
这世界让我来
必让我去

只是，我没有声音
只能用心的最深处
对着你的眼睛发言

那个家乡的窗台
在儿时夺走我的奔跑跳跃
夺走我唇齿间的回音
并让我在十五岁之前
将一切
在眼前合上帘幕

现在已是黄昏时候
蒲公英在风里翻飞
纷飞在青城山下的圆冢前
我手持蒲公英
在坟墓间愉快地舞蹈

有我的地方
现在叫天堂

那些长着翅膀的精灵对我说
弹指间
你将孕育于另一妇人腹中
你们的双手
会在另一个梦境中相握

站在高处的风车

——给晓衣寒

她把紫色的风车举到高处
用白色细细的带子系住
午后细碎的阳光
落满了她紫色的裙子

我坐在屋子的阴暗处
看着她踮起脚尖的样子
仿佛也感染了那样一种
站在高处的快乐

走过七月

——给梧桐

每当七月
天上一颗名叫“大火”的星星
就会向西流去
有什么在短暂的相遇里
被遗忘的时光擦亮
一跃而过的是东方苍龙的心宿
还是不甘的向往

季节总是难以确定
就像我难以确定你
在四千年的流光里
风将夜吹透
夜将你吹凉

总有些什么在沉寂的眼神里
在举杯的刹那

你的思绪便越过七月越过樊篱

越过最古老的一株梧桐树

停在树荫里

是不忍放弃的追寻

星移斗转无法怀疑

礼　物

送你江上孤帆
帆后流水
水中东去鸥鹭

送你寒梅一剪
梅下疏影
影中裙裾绰绰

送你清风两盏
风中松林
林稍雁阵徐徐

送你浊酒三杯
杯中旧事
世外音迹杳杳

送你灯下伊人

人去俱空

空处两两相无

雪夜小酌

大雪中突然而至的人
来自异乡
说起桃花
远山就高出一寸

新酿的血糯酒
比松木更绵长
说起一个孩童的成长
我们频频举杯
又频频沉默

窗外积雪
驮着夜晚的黑
成为夜色的一部分

“公子，请留步”

她迟疑着，终是
没有说出

我是你路过的一株植物

六月多雨
几只飞鸟掠过福兴路
夏日荫蔽处
是成排的梨树和杉木
一些人到来，一些人离开
只有石斛寄生于树干
根须笃定，带着满足

南港的风，还和前年一样
吹拂晃动的人群
也吹动额前发丝
站在阴影里久了
就成了花树投下的影子

影子也有根须
与俗世捆缚又脱离于俗世
离我最近的交谈

是空山里的一条小径

如果你恰巧路过

就把我当成崖旁石壁上一株

野生的植物

流　放

——给生命中曾经出现过的你们

坐在十九楼的窗台
夜的星火蔓延
我半眯起眼睛
将远的白色的光想象成你
想象成俯在病床前瞬间开放的笑容
如温热之水覆盖住插满针头的手背
想象成任时间如何冲刷再也无法重回的宽容
如一柄刺入心脏的长剑，迟迟不肯拔出

我将近处黄色的这片光想象成你
想象成你伸过来的温润手掌
仿佛一片虚幻的湖水停留在古镇窗外
想象成一场被暴雨追赶的旅程
将自己无数次流放

我将头顶红色的那片光想象成你

每一步踩出的一个足印
想象成一块青石板被一滴小水珠浮起
想象成，一摊红酒渍在一片黑色里盛开
而一座旅馆中的过客
正将一千零一夜里遗漏的章节填满

我将脚下蓝色的那片光想象成你
想象成一棵树对另一棵树的守望
想象成清冷肃杀的北方，两个老人面对面的容颜
想象成，一种举步维艰的行走
仿佛一列火车的嘶鸣将站台日日拉远

我半眯起眼睛，
将一条挂满白色丧灯的长路想象成我
想象成西城楼阁上跃下山崖的空瓶
想象成湖水中被托举的一枚败叶
想象成匍匐在草丛里的一只虫子
唱着经年不成调的歌

茶　事

暑热不散，寒凉尚远
总有些因果互为纠缠

布局者用心良苦
她在杯中投下落叶与泠泠水声
等待鸟鸣铺开一条山径

需要一个沸点
白鹭才会起飞
窗外的光线
才会在大地上投下盈缺

汤色与端坐者有关
如果秋风能完成一次虚构
帘外人才会返身倾入
文华堂这只空置的杯盏

魔　术

从你左手消失的未必消失
在你右手出现的
其实早已存在
就像光落到高处
影子回到低处
你用叩问术
转移了可控的瞬间
如同一只壁虎趴在墙角
用断尾策划了一场逃脱
酒已经喝完
没有什么可以再次被穿透
灯火明亮，我们逐一黯淡
终于你向你的影子倾出了自己
那一刻，汇丰广场上空的夜幕
正为六楼披上黑色的斗篷

虚 构

没什么
我握了握途经的西风
并非太冷
有人从远方赶来
身怀暖意与绝技
他自冬日的枯寂中辨认出
络石、苜蓿、何首乌
从龙殿到山湾里
这些植物因从万物中被认出
而摆动

我不动，
“没有酒的日子如同虚构”
——今夜炉火微温
可容分辩，问盏，衔月下杯
杯中，有雪落
一株斜生之树依然是我们未曾辨认出的松树

独立于大雪之外

将芒刺举向天空

余　味

可以是杯子与杯子相撞时
涌动的回声
可以是石斑鱼和黑松露的一次交谈
可以是缺席者电话里意味深长的
一处停顿——
如果愿意，也可以是
出发前喷洒在袖口的祖玛珑

离开时，我们带走它们
如同带走空气里泛起的细小浮沫
同时，它们也被舍弃
从喧哗中，从潮水中，
从松林中
从我们相互道别时
埋下的阴影中

意象实践（代跋）

——陆大雁诗歌印象

中　海

诗歌是诗人灵魂的隐秘记录，它在一个瞬间又一个瞬间所呈现的理性与感性的复合意象，这些意象被截获、重组、转义而创造了另一种语言的诱惑力。大雁的诗歌在意象实践中，找到了现实与诗歌文本的某种关联，格物致知，而此“格”并非传统意义的单一性观照，而是现代性的洞察；此“知”在诗歌中是具有摧毁意义的词语重组，让情感浓缩为现代意义的鹄核。隐喻出现，诗歌变得更小、更富张力。她写道：“挂钟敲了十二下 / 星星打了个哈欠 / 水龙头坏了 / 滴水 / 我的自由 / 失去束缚 / 推窗 / 后背长出翅膀”（《午夜十二点》），人与诗歌的关系是以事物显现中的形而上捕捉为前提，物的虚无性与意识相互依存，赋予物意识在诗歌写作中是被允许的，事物之间的内在关联从而在诗中形成。

抒情是诗歌的废墟，但在废墟之上抽出嫩芽的小草是个意外。失败的抒情者往往在第二行就醒来，诗歌即可读。诗人是干重活的人，要回就回到物的肌理。“我一提笔 / 草木的叶子就绿了三分 /……/ 我一落笔 / 四野就苍翠起来了”（《沿江怀想》），诗人大雁沉浸于物我两忘的境界中，诗歌的转折会变得不可解释，但并非不可理解。同样，从不修辞的诗歌比修辞的味蕾更丰富。在其作品中，简而不单的诗歌语言比比皆是，小见大，少见多，信息量极大。打碎词语，喻体介入，细节表达并不是诗歌的全部，剩余的才是，它是一个可变量。

故乡是永远的诗歌，大雁试图在故乡中找到另一个自己。在诗歌中，词义的转达要素为另一个故乡提供可能的安放场所。“我愿意在身体里写下波澜壮阔的荒莽 / 我的故乡，穿越守望的山峰 / 安置我一世飞翔”（《残句》），诗歌能装下的大致什么都可以装下，故乡的诗歌元素无穷，注入情感的词语将被神化。诗歌文本本身也有一个故乡，在人文关怀中，“故乡”一词极有可能泛诗化而成为非诗，但大雁对语言的拿捏把控正好。“倘若你在街角逢着一位姑娘 / 她必定有着野荠菜的芳香”（《吴市老街》），隐喻的引入，诗歌在其内在的突发性上下了一次狠笔。“炊烟是村庄的呼吸 / 稻香是，蛙鸣也是 / 在我路过之前，豌豆花正在孕期 / 而红薯在土下已奔走十里”（《李市村幻觉》），对散文化语言的背叛，让诗歌恰到好处。因此，在仪式感极强的当下，大雁从规范的汉字结构的形式中挣脱出来，赋予物以灵魂，拟人手法让人与诗歌的关联度提升，这也是大雁诗歌的贡献。

诗人大雁对生命时空有着深入的思考与体悟，因此她会发出这样的感叹：“比时间流逝更快的 / 是茶中的一盏热气”（《在他乡》），而在艺术经验中，生命体验的加入，致使人与物的共同体更加紧密，其语言结构也更加复杂。“对面一扇蓝色的窗户亮了 / 像一个巨大的鱼缸飘浮在海面上”（《凌晨两点》），“雨刮器比时间更缓慢 / 我伸出车窗外的手多半有些迟疑 / 它握住了无边际的黑”（《阜湖路》）。时间是时间的合法继承人，时间在诗歌中只是一个词，但它的双重性让诗人迷恋。

当美学体验在现代性中遭遇另一半，即转瞬而逝，这时，它需要积累与沉淀。在这个基础上谈论生活和艺术，谈论永恒的另一半，是可行的。“于是我想起了你 / 在我身后的白墙上钉钉子 / 雨点敲打着窗户 / 你敲打着我 / 我们试图挂上的那副图画 / 一直找不到名字”（《雨》），大雁说的画是一件永恒的人生艺术品，或许连她自己也并不知道存在于他人心中的对人性的表达终会转化为一种潜能，替她的笔说话，晦涩之词可以阐释个人外在性广度的无限可能。

无疑，诗人大雁是个性情中人，除此之外，对物性的深究是她诗歌的本质特征之一。“大雪中突然而至的人 / 来自异乡 / 说起桃花 / 远山就高出一寸”（《雪夜小酌》），大雁善于在人性与物性间寻找暗线与出口，因而在意象实践中，能娴熟地表达出来。这个实践意义将诗性的挖掘与显现完美地切换到她的诗歌语境之中，诗歌变得如此耐读，唯有一个“品”字，方能读出大雁诗歌中的味道。